O.-V. DE L.-MILOSZ

DAÏNOS

Extrait de *LA REVUE DE FRANCE* du 1er Septembre 1928.

DAÏNOS

(Vieux chants populaires de Lithuanie)

INDÉPENDAMMENT des attraits qui lui ont valu l'hommage précieux de Gœthe, la poésie populaire lithuanienne mériterait une place d'honneur dans le folklore européen par le seul fait que l'idiome dont elle se revêt est étroitement apparenté au sanscrit et constitue, de l'avis des philologues, le vestige le plus vivant et le plus précis de la langue mère indo-européenne. L'étude de cet idiome est de plus en plus recommandée comme préparation à celle du latin.

Comment l'aryen préhistorique a-t-il pu survivre en Lithuanie à ses innombrables dérivés, grec, latin, étrusque, vieux-germain, égéen peut-être, et conserver jusqu'à nos jours toute sa pureté et toute sa fraîcheur primitives?

Une situation géographique privilégiée ne suffit pas à elle seule à expliquer le phénomène. La protection si souvent évoquée, qu'offraient aux vieux « Lithuans » leurs forêts et leurs marécages, s'est, plus d'une fois, révélée impuissante à leur épargner les rigueurs de l'invasion. Je serais tenté d'attribuer à des facteurs d'un caractère plus spirituel la survivance du génie indo-européen dans ce curieux coin de l'Europe qui, par son aspect général autant que par le résultat des fouilles, d'ailleurs superficielles, qui y ont été exécutées récemment, évoque la transition du néolithique à l'âge du cuivre.

L'histoire de la Lithuanie médiévale semblerait confirmer la prédominance de cet agent mystique et secret. Destinée à sauvegarder les qualités physiques et morales ainsi que les traditions les plus pures de la race-mère, la nation lithuanienne, bien que numériquement faible, n'a jamais fléchi sous les lourdes épreuves que lui suscitaient, tantôt à l'ouest, tantôt à l'orient, les décrets mystérieux de la Providence. Elle n'a jamais courbé le front ni devant les Slaves, ni devant les Teutoniques. Païenne jusqu'au XIVe siècle, elle a su, dès sa conversion, concilier la sainteté des dogmes chrétiens avec la pureté de ses doctrines immémoriales. Gardienne fidèle du trésor de la révélation primitive, elle n'a pas hésité à s'incliner devant la religion d'amour universelle, la grande unificatrice, sans cependant répudier dans son cœur le culte antique de la puissance créatrice manifestée dans la nature. Le Krivukrivaitis, le grand-prêtre blanc, s'est effacé devant la blancheur plus rayonnante du successeur de Pierre. Le guerrier et le cheval d'argent de l'emblème national ont vu le svastika changer de forme et se teindre du sang omnipotent du sacrifice. Le cavalier de l'Apocalypse est devenu un chevalier chrétien. Mais le sens hermétique du symbole neigeux se profilant sur un champ de rubis pour bien marquer la phase blanche de la volatilisation du fixe et de la transmutation du noir en rouge a survécu, sous une forme morale, dans la conscience claire et fidèle du peuple qui a su jadis étendre sa bienfaisante hégémonie, face au Tartare et à travers toute l'épaisseur de la barbarie scythe, de la Baltique, la mer lithuanienne « blanche », jusqu'au Pont-Euxin.

L'union dynastique avec la Pologne n'a pas mieux réussi que l'ancienne extension territoriale démesurée vers l'Est, ou le séculaire assujettissement à la Russie, à altérer les qualités originelles du petit peuple courageux et tenace. La langue et la poésie, tout au plus retardées dans leur évolution, ont su conserver à travers les âges et au plus secret de leur âme cette vitalité latente qui permet au blé des Pyramides de germer au premier rayon de soleil pénétrant dans le sépulcre. C'est la survie mystique de ces vertus patriarcales qui explique le généreux effort intellectuel du jeune État lithuanien, reconstitué en 1918 grâce à sa persévérance et à la victoire des pays d'Occident.

Il ne serait peut-être pas inutile de rappeler ici l'attention que le folklore lithuanien a éveillée chez les pionniers du premier romantisme allemand et la place qu'il a tenue dans la poésie de Schiller. Frappés de l'originalité des trois Daïnos insérés en 1747 par Ruhig dans son *Étude sur le Langage lithuanien*, Gœthe, Lessing et Herder entreprirent aussitôt l'exploration de la précieuse mine poétique ignorée de l'Europe. La traduction littérale de Rhesa devait permettre à l'initié de Weimar et plus tard aux grands poètes Schiller et Chamisso d'offrir au public allemand la transcription de plusieurs dizaines de Daïnos. L'original du III de notre modeste essai plaisait tout particulièrement à l'auteur de *Faust*.

En faisant hommage à la France, héritière des grandes civilisations méditerranéennes, d'une minime partie de ce reliquaire aryen qu'est l'une des plus vieilles poésies populaires de l'Europe, nous avons le sentiment de contribuer, dans la mesure de nos forces, à l'extension de la connaissance ethnographique de l'Occident. Les vingt-six pièces dans lesquelles nous nous sommes attachés à conserver le mètre, la couleur, l'accent, les rimes et les assonances de l'original ne donneront sans doute qu'une idée imparfaite d'une poésie rustique riche de plusieurs milliers de cantates. De l'accueil réservé à ce prélude dépendra la portée de notre effort subséquent.

I

— Ton petiot, ma Simonène,
Comment l'as-tu fait?
Dan, dan, dalidan,
Comment l'as-tu fait?

— Mère, mère vénérée,
Pour sûr en dormant
Dan, dan, dalidan,
Pour sûr en dormant.

— Où, ma fille Simonène,
Où le mettras-tu ?
Dan, dan, dalidan,
Où le mettras-tu ?

— Mère, mère vénérée,
Dans un pli de cotte,
Dans, dan, dalidan,
Dans un pli de cotte.

— Qui ma fille Simonène,
Qui le soignera ?
Dan, dan, dalidan,
Qui le soignera ?

— Mère, mère vénérée,
Les filles des Dieux,
Dan, dan, dalidan,
Soigneront l'enfant.

— Avec quoi, ma Simonène,
Le couvriras-tu ?
Dan, dan, dalidan,
Le couvriras-tu ?

— Mère, mère vénérée,
Avec la rosée,
Dan, dan, dalidan,
Toute la rosée.

— Qui, ma fille Simonène,
Qui le bercera ?
Dan, dan, dalidan,
Qui le bercera ?

— Mère, mère vénérée,
Laïma, la Destinée,
Dan, dan, dalidan,
Laïma, la Destinée.

— Mais, ma fille Simonène,
Que mangera-t-il ?
Dan, dan, dalidan,
Que mangera-t-il ?

— Mère, mère vénérée,
Le pain du Soleil,
Dan, dan, dalidan,
Le pain du Soleil.

— Où, ma fille Simonène,
Où l'enverras-tu ?
Dan, dan, dalidan,
Où l'enverras-tu ?

— Mère, mère vénérée,
A l'ost du Grand-Duc,
Dan, dan, dalidan,
A l'ost lithuan.

— Ah ! ma fille Simonène,
Que deviendra-t-il ?
Dan, dan, dalidan,
Que deviendra-t-il ?

— Mère, mère vénérée,
Connétable, au moins,
Dan, dan, dalidan,
Connétable, au moins.

II

Jeune suis et homme d'armes,
Guerroie aux lointains pays.

Quand je dis adieu à père
La lune éclairait le ciel.

Le ciel de lune est baigné
Et je sais que père pleure.

Quand à mère dis adieu
Le soleil dorait le ciel.

De jour le ciel est doré
Et je sais que mère pleure.

Quand je pris congé des frères
D'étoiles le ciel brillait.

Les étoiles au ciel brillent
De mes frères suis pleuré.

Lorsque je quittai ma sœur
La pivoine était éclose.

Pivoine au jardin fleurit.
Ma sœur pense à moi et pleure.

Lorsque je quittai ma mie,
Lys au jardin fleurissaient.

Lys au jardinet fleurissent,
Voici toute en pleurs la mie.

Il me faut sécher ces larmes,
Il me faut rentrer chez nous.

Jeune suis et hommes d'armes,
Guerroie aux lointains pays.

III

Petite mère,
Mon jeune époux,
M'a emmenée
Ben loin de vous.

Ha, les cousines
Sont ben taquines,
La belle-mère
Est ben colère.

Tous mes chemins
Vont de travers.
Mes pauvres mains
Savent rien faire.

Belle-maman
M'envoie chercher
Herbe d'hiver,
Neige d'été.

Comme j'errais,
Versant maint pleur,
J'ai rencontré
Mes jeunes sœurs.

— Où vas-tu donc,
O triste cœur,
Et qui te fait
Verser ces pleurs?

— Faut qu'elle a dit.
Me rapporter
Herbe d'hiver,
Neige d'été.

— Ha, que Dieu t'aide !
Va, jeune sœur,
Dans la pinède
Près de la mer.

» Ayant au pin
Cueilli la branche,
Remplis ta main
D'écume blanche

» Tu pourras dire :
J'ai rapporté
Herbe d'hiver,
Neige d'été.

» Herbe des brumes
Se nomme pin
Et blanche écume
Est neige en juin.

— Qui donc, ma bru,
Vous a appris
Ces vilains tours
D'espièglerie ?

— Qui m'a appris
Ces vilains tours ?
Vos gronderies,
Mes mauvais jours.

IV

La linière est près de l'eau.
La fille y étend le lin.
Vient à passer damoiseau
Sur un grand destrier brun.

— Jeune fille, Dieu vous garde,
Vous, mère de trois garçons.
— Vous ne me connaissez guère,
Pourquoi m'appelez-vous mère ?

— Je le vois à ta pâleur,
A cet anneau que voici.
— Arrière, Satan, arrière !
Des enfers roi sans merci.

— Vous ne me connaissez pas,
Pourquoi m'appelez-vous roi ?
— Le feu jaillit des naseaux,
La housse est d'un jaune-soufre.

— Ha ! la fille, monte en croupe,
Viens-t'en chez le justicier.
Nobles sires, ô vous juges,
Voici la fille à juger.

» Elle a occis trois garçons,
Elle attend un quatrième.
L'un fut jeté dans la braise
Et le puîné aux cochons.

» Pour ce qui est du troisième,
Du dernier des enfançons,
Je sais qu'il gît sous la borne,
Je sais qu'il gît sous la borne.

» Menez-la dans la forêt,
Au vieux pin attachez-la.
L'arbre est déjà tout en feu,
Sur elle le soufre pleut.

— Qu'on aille querir ma mère,
Qu'elle voie ce qui m'advient.
Qu'elle mesure à ma sœur
Mieux qu'à moi la liberté.

V

Ah ! sommeil, sommeil,
Viens dans ma demeure !
Ah ! dormir, dormir,
Rien qu'une heure, une heure !

Je me changerais
En coucou sauvage,
Je m'envolerais
Vers notre village.

Par les champs tout gris,
Vers nos cerisiers,
Afin d'y chanter
De l'aube à la nuit.

Las ! mon chant résonne
Tout le long du jour.
Qui me reconnaît ?
Personne, personne.

Mais voici que mère
Quittant son fuseau
Ouvre la croisée :
Hé là, mon oiseau !

Mon coucou joli
Qui a coucoulé
Aux lointains pays,
Ma fille, m'amie !

VI

La source bruit sous l'érable
Où les fils des dieux
Font danser au clair de lune
Les filles des dieux.

Vers la source sous l'érable
Je m'étais penchée
Pour y baigner mon visage :
Las ! mon annelet.

Voudront-ils, les fils des dieux,
Jeter leur filet,
Leur filet de soie dans l'onde
Pour le repêcher ?

Vint à passer un jeune homme
Sur un cheval bai.
Aux sabots de sa monture
De l'or miroitait.

— Viens, ô jeune fille,
Viens, ô mon enfant,
Mêlons à la voix de l'onde
Nos voix ; c'est le lieu du monde
Où forêt, eau, cœur,
Tout est profondeur.

— Hélas ! je ne puis,
Jeune homme, ne puis,
Ma mère me gronderait,
La vieille me gronderait
Si je rentrais tard,
Si je rentrais tard.

— Tu diras, enfant,
Tu diras, ma belle :
Des canards se sont posés
Sur la source et l'ont troublée,
Il fallut attendre,
Il fallut attendre.

— Nenni, mon enfant,
Nenni, ma petite.
Tu auras encor jasé,
Minaudé avec le gars
Sous le vert érable,
Sous le vert érable.

VII

Las, petite mère,
Vieillotte, si chère,
Tu ne comprends pas
Ce que j'ai au cœur.

Ce que j'ai au cœur ?
Plus d'un mot d'amour,
Plus d'un mot d'amour,
Mainte larme amère.

Là, dessus ma tête,
Juste à son sommet,
Un lys tient sa fleur
Tristement jaunette.

Et là, à mes pieds,
Tout juste à leur pointe,
Frémit une herbette
Combien refragrante.

Et à mon côté,
Tout à ma portée,
Le coucou madré
Clame un dit secret.

Croix de cimetière,
C'est cela, mon frère,
Et la sombre terre,
C'est cela, ma mère.

Et petites planches
Bien blanches, bien blanches,
En saule pleureur,
C'est cela, mes sœurs.

Et sur ma colline,
Ma haute colline,
Croissent herbe drue,
Romarin et rue.

VIII

— Ma mère, ma mère,
Bien vieille, bien chère,
Pourquoi donc m'as-tu créée?

» Pour le dur labeur ?
La peine de cœur ?
Pour être objet de risée ?

— Ni pour le labeur,
Ni pour le malheur.
Non, pour la seule risée.

— Puisque tu me hais,
Que ne m'as-tu fait
Mourir il y a longtemps ?

» Fallait m'emporter
De nuit, me jeter
Dans la brume de l'étang.

» Petite noyée
J'aurais égayé
Mes bons frérots les poissons.

» Beau pêcheur m'eût prise,
Par quelque méprise
Épargnant le brocheton.

» Avec quelle joie
Il m'eût retirée
De son beau filet de soie !

» Serais devenue
Peu après la bru
De bons riverains du haff.

IX

Qui t'ouvrit si tôt,
Porte, toute grande ?
Qui, musant par le hameau,
Te trouva, verte guirlande ?

— C'est moué. Levé tôt
Je l'ouvris ben grande,
Puis, musant par le hameau,
Je trouvai verte garlande.

— Qui donc l'a perdue,
Cette fleur mordue
Par la neige et la gélée
Et de larmes constellée?

— Qui? c'est la plus belle,
C'est la jouvencelle
Qui se rit de ses parents
Et de tous, petits et grands.

» Elle n'a d'oreille
Pour sage conseil,
N'aimant que prise de bec,
Cymbale, luth et rebec.

X

— Ah ! ma fille, ma jeunette,
Qu'as-tu fait?
Il fallait, mauvaise tête,
Me parler.

— Je m'en fus sur la pelouse
Travailler.
J'y ai d'abord planté douze
Beaux œillets.

» Six, si j'ai bonne mémoire,
Couleur d'or,
» Six autres, s'il m'en faut croire,
Rouge-aurore.

» Puis, j'en ai cueilli douzaine
De moirés,
» Pour les porter, à Ragaine,
Au curé.

» Douze œillets, comme tu vois,
Au curé,
» Et lui m'a unie au gars
Adoré.

XI

Prends ce verre dedans ta main,
O toi dont j'ai le cœur tout plein.

Puis à ta lèvre porte-le,
Toi qui a mis mon âme en feu.

Et prends garde qu'il ne déborde
Comme mon cœur, cœur qui déborde.

Vide-le jusques à moitié
Toi qui m'es tout, tout amitié.

Non, jusqu'au fond, jusqu'à la lie,
Aimé qui m'es trépas et vie.

Autant de lampées que de gouttes,
Toi qui as pris mon âme toute.

Maintenant, rends-le-moi, ami.
Quoi ? Ne me l'as-tu pas promis ?

XII

Dedans mon lit paré
J'ai caché l'adoré.
Dors, dors, dors,
Damoiselet doré.

Ciel ! mâtins d'aboyer,
Coqs de s'égosiller !
Cours, cours, cours,
Mon beau ramier d'amour.

Père s'est réveillé...
Ce qu'il va t'étriller !
Loin, loin, loin
Jà est mon garnement.

XIII

Sous la charmille,
Dessus les bancs,
Les bancs bien blancs,
Jasent les filles.

Ma mie est là,
Bien belle à voir,
Bien belle à voir,
Et quelle voix !

Rien ne l'arrête.
L'ai-je pas vue
Sortir seulette
Sur le minuit ?

Elle tissait
Toile de lin.
Gars bouche bée
Suivaient ses mains.

— Tout beau, tout beau,
Gars du hameau.
Savez-vous pas
Qu'un seul m'aura ?

» Mon joliet,
Mon adoré
Pour qui j'ai fait
Rênes dorées.

» Qu'il m'aime peu
Ou prou, ce que
Mon cœur désire,
C'est qu'on l'admire.

XIV

Deux canards je vois
S'ébattre à cœur joie
Dessus l'étang du moulin.

C'est-y bien, dis-moi,
Canards que je vois ?
— Nenni, c'est des frères blancs.

(Et les canetons
Étaient, j'en réponds,
Bel et bien frères errants.)

J'enverrai chasseurs,
J'enverrai tireurs
Contre ces deux joyeux-là.

— Chasseurs, par ici !
N'ayez nul souci.
Vous ne nous atteindrez pas.

Balles vont trop haut,
Plomb tombe dans l'eau,
Nous restons là, sur le flot.

— Jarnibleu ! faut faire
Un beau filet vert
Pour prendre les sacripants.

— Pêcheurs endurcis,
Pêchez sans merci.
Vous ne nous pêcherez point.

» Le filet se noie,
Le flotteur s'en va.
Nous, nous sommes toujours là.

XV

Loup, louveteau,
Fils des forêts,
Sort du fourré,
Court vers le pré,
Déchire veau
Et agnelet.
Le louveteau
Fait son métier.

Fin renardeau,
Fils des forêts,
Sort du fourré,
Franchit le clos,
Saisit canard
Oie et poulet.
Maître renard
Fait son métier.

Chien, mâtineau,
Enfonce croc
Dedans la peau
Du larronneau.
Grogne et fait taire
Vieilles mégères.
Dogue et bergier
Font leur métier.

Puce gourmande
Au jour levant
Pique et gourmande
Bêtes et gens.
Ha fainéants !
Aux bois, aux champs !
Puce, morgué,
Fait son métier.

Abeille sage
Quitte bocage,
Vole tout droit
Piquer ton doigt
Ou ton visage.
Puis fait son miel.
Mouche, ma foi,
Fait ce que doit.

Imite-la
En sa vertu,

Homme, entends-tu?
Assez piqué,
Assez mordu !
Foin des querelles !
Fais-nous comme elle
Goûter ton miel.

XVI

Fripon de marieur !
M'en as-tu, animal,
Conté sur les demeures
A « vitres de cristal » !

Ha ! j'ai couru ben loin,
Pourquoi? Pour trouver, traître,
Masure à la fenêtre
Bouchée avec du foin.

Par ma foi, le madré
M'en a dit tant et tant
Sur les oies dans le pré,
Les canards sur l'étang.

Mais moi je n'ai trouvé,
Pour me tourner les sangs,
Que cailloux dans le pré,
Que limon plein l'étang.

— La charité divine
Tu verras étalée.
Orge sur la colline,
Froment dans la vallée.

— J'arrive au bout du monde,
Je regarde et frémis :
A deux lieues à la ronde
Rien qu'ivraie et ortie.

» Pour finir à l'amiable,
Beau marieur du diable,
J'vas t'habiller de neuf,
Mais pas de drap d'Elbeuf :

Coudrier pour la veste,
Sapin pour le gilet,
Bouleau pour le collet
Et chêne pour le reste.

XVII

J'en veux certe à père et mère
De m'avoir, morguenne !
Uni pour la vie entière
A cette vaurienne.

— Dis-moi donc, la mijaurée,
Que vêtirons-nous ?
La quenouille est désœuvrée,
Le métier itou.

— Tout finit par s'arranger,
Va, je t'en réponds...
Trois sacs dorment au grenier,
Trois sacs à houblon.

» Traversin, drap, édredon
Vaudront bien deux sous.
Peu m'en chaut, s'il y fait bon
Dormir tout son soûl.

— Oui-da. Mais tu sais peut-être
Te nourrir de vent ?
Moi, je n'ai rien à me mettre,
Morbleu, sous la dent.

— Laissons soucis aux mazettes,
Crois-moi, mon mignon,
Les bois sont pleins de noisettes
Et de champignons.

Devinez-vous pas la fin ?
Il planta là sa catin.

XVIII

Moi, benjamin
Choyé naguère,
Aujourd'hui triste tout plein !

Je m'en reviens,
Après la guerre,
Au village, chez les miens.

J'entre. Où sont donc
Mes père et mère ?
A mon cri l'écho répond.

Holà ! Holà !
Ma sœur ! — Personne.
Son beau coffret n'est plus là.

Et sur le mur
Plus de couronne.
Tous les miens sont morts, pour sûr.

Plus de chevaux
A l'écurie.
Qui m'a volé mes frérots ?

Plus de bouleau
Sur la prairie,
Plus de saule près de l'eau.

C'est de ton bois
Que pour mon père
On a fait, bouleau, la croix.

C'est de tes branches
Que pour ma mère
On a fait, saule, les planches.

XIX

Nous deux, nous heureux amoureux,
Allons au bois ombreux, tous deux.

Si tu le veux, chère, tous deux,
Abattre deux tilleuls soyeux.

Nous ferons d'eux, nous deux, nous deux,
Des planches d'un blanc merveilleux.

De ces planches, nous deux, nous deux,
Nous ferons un lit d'amoureux.

Nous y planterons, deux et deux,
Quatre pieds forts comme des pieux.

Nous nous y cacherons tous deux
Aux yeux curieux des envieux.

Des branches nous ferons tous deux
Un berceau tout creux, tout moelleux.

Nous y mettrons, tous deux, tous deux,
Notre enfantelet à nous deux.

Nous le bercerons tous les deux,
Nous heureux, l'enfançon peureux.

XX

Le jour se lève,
Voici le clair soleil.
Ma belle rêve,
Profond est son sommeil.

A celui-là
Qui la réveillera
Je donnerai
Mon charmant cheval bai.

Réveille-toi,
Que j'entende ta voix ;
Viens, toi qui dors,
Me montrer l'anneau d'or.

Qui donc réveille,
Quel sonneur de matines,
Ceux qui sommeillent
Au flanc de la colline?

De la colline
Des poussiéreux œillets
Où l'on devine
Les noms des oubliés?

Si l'on m'ouvrait
Le cercueil de bois tendre
Je reverrais
Son visage de cendre.

Dormez en paix,
Vous que j'ai tant aimée :
Jamais, jamais
Je ne vous reverrai.

XXI

Cesse, ô vent, de mugir,
Toi, forêt, de gémir.
Mon pauvre frère
Est à la guerre
Mais il va revenir.

— Ton frère le soldat,
Il ne reviendra pas.
Un fourreau vide
Au flanc, sans bride,
Son cheval rentre, au pas...

XXII

Blé sur la colline,
Pommes au verger.
C'est là que je vais chercher
Notre benjamine :

— Assez travaillé,
Rentre, il est bien tard.
Père veut te marier
A un gros richard

— Je reste où je suis.
Il fait bon dehors.
Chez le riche on meurt d'ennui
Sur un gros tas d'or.

— Rentre à la maison,
Fille, sans grogner.
Père veut te marier
A un cordonnier.

— Je ne rentre pas,
La nuit est trop belle.
Cordonnier saura sans moi
Clouer ses semelles.

— Viens vite, est-ce l'heure
De cueillir des pommes?
Père veut te marier
A un gentilhomme.

— Je me garderais
De faire un seul pas.
Je n'ai nulle envie d'entendre
Parler de combats.

Allons, mon enfant,
Rentre, n'aie pas peur,
Père veut te marier
A un laboureur.

— Bon, je cours, ma mère !
Qui donc l'aurait cru?
Ça, c'est une bonne affaire.
Vive la charrue !

XXIII

Quoi qu'y disait, le houblon,
En sortant de terre?
— Hé, ra, ritamta,
Faladroti kumferta.
Faut m'attacher au bâton,
Ou je germe par terre.

Quoi qu'y disait, le houblon,
Sur sa perche altière?
— Hé, ra, ritamta,
Faladroti kumferta.
Faudra me cueillir à temps
Ou je tombe en poussière.

Quoi qu'y disait, le houblon,
Au grenier? Ceci :
— Hé, ra, ritamta,
Faladroti kumferta.
Faut me remuer plus fort
Sans quoi je me moisis.

Quoi qu'y disait, le houblon,
Dedans la chaudière?
— Hé, ra, ritamta,
Faladroti kumferta.
Couvre, couvre-moi bien vite,
Je m'envole en vapeur.

Quoi qu'y disait, le houblon,
Dans le baricaut?
— Hé, ra, ritamta,
Faladroti kumferta.
Faut me bondonner, l'ami,
Pour me donner du goût.

Quoi qu'y disait, le houblon,
Moussant dans le verre?
— Hé, ra, ritamta,
Faladroti kumferta.
Eh ! tout doux, l'ami, tout doux,
Ou je te fous par terre.

XXIV

Trois chansons du xve siècle.

Bois, bois, mon frere.
Ton chier pourtraict
Dedans mon cuer
Est demouré.
Pas, mon amé,
Pas ne te vis
Souventes fois.
Si te voulsis
Garder ma foy.

Bois, bois, mon frere,
Bois, bois, frerot.
Ne laisse broc
Germer, ne voirre
Verdoyer trop.
Germer est bon
Pour le sillon
Et verdoyer
Pour l'esglantier.

*
* *

De cervoise trestout fin plain
Ung grand pot, ains qu'il soit plus tard :

Je meurs de seuf, le gousier m'art
Comme de dormir au moulin.
Comment, sans esperit en teste,
Dictes moy, me remetre en queste
De cest nonpareil jouvenceau,
Lequel je veuil et preux et beau ;
Joye et confort de digne pere,
Gracieulx filz de saige mere,
Si tost né en verd berceau mis
Comme pomme de paradis
Pour ne congnoistre que beau tems,
Cascaveaux dorez cler tintans,
Chevances, gestes, jeu et riz,
Doulx estrumens, follastres dictz,
Tendres chaudeaux, beaulx sentemens
Et mes yeulx feu d'amours gectans ?

*
* *

Follastrant par pré et chemin
Vecy venir à moy corbin.
Au bec luy pens quoy ? une main.
— N'est-ce mal acquest, oiselet,
Ceste main blanche comme let
Portant à son poulce annelet ?
Responce me donna oiseau :
— Saiche bien que, foy de corbeau,
A proesse doy cest fardeau.
Car de le treuver c'est à peu
Que ne fus occis en ung lieu
Où riens ne vis, fors sang et feu.
Hé Dieu ! la guerre murtrière
Envlime la vie eufumere
Du filz, du pere et de la mere.
De me repaistre se j'ay l'eur
M'en gramenter seroit folleur
Car larron ne suis, ne debteur.
Ainsi corbeau me va bourdant

Quant du chastel, soudainement,
Pucelle accourt, se doulousant,
De plaïnz et lermes plain la voix :
— Annel et main, je les congnois,
Basié les ay souventes fois !

O.-V. de L.-Milosz.

8514-10-28. — Corbeil. — Imprimerie Crété.

www.ingramcontent.com/pod-product-compliance
Ingram Content Group UK Ltd.
Pitfield, Milton Keynes, MK11 3LW, UK
UKHW021028260726
13994UKWH00005B/2016

9 782329 451589